Fischer TaschenBibliothek

Binny hat noch genau fünf Stunden Zeit, um alles für die Festtage vorzubereiten. Sie fühlt sich ganz und gar nicht weihnachtlich: Es regnet Bindfäden, ihr Haus fällt auseinander, und die Stadt ist völlig überfüllt. Und das ist alles, alles nur Olivers Schuld. Um nicht auch noch Smalltalk mit einer Bekannten machen zu müssen, flieht Binny in einen Laden, den sie normalerweise nie betreten würde. Und findet dort einen ganz unerwarteten Ort voll Frieden, Trost und Freundlichkeit – eingehüllt in einen Hauch von Zitronenduft.

Menschen mit Worten so zu berühren wie mit Musik, das gelang *Rachel Joyce* schon in ihrem ersten Beruf als Bühnenschauspielerin und später als Autorin zahlreicher Hörspiele für die BBC. Mit ihren feinfühligen Romanen bewegt sie inzwischen Millionen Leserinnen und Leser weltweit. Ihr Bestseller »Die unwahrscheinliche Pilgerreise des Harold Fry« wurde mehrfach ausgezeichnet und u. a. für den Booker-Preis nominiert. Rachel Joyce lebt mit ihrem Mann und ihren vier Kindern auf dem Land in Gloucestershire.

Weitere Informationen finden Sie auf www.fischerverlage.de

Rachel Joyce

Ein ferner Duft wie von Zitronen

Eine Weihnachtserzählung

Aus dem Englischen von
Maria Andreas

FISCHER TaschenBibliothek

MIX
Papier aus verantwortungsvollen Quellen
FSC® C083411

Erschienen bei FISCHER Taschenbuch
Frankfurt am Main, November 2018

Die Originalausgabe erschien unter dem Titel
›A Faraway Smell of Lemon‹
im Verlag Transworld Digital, London

Covergestaltung: bürosüd°, München
nach einer Idee von Claire Ward / Transworld Publishers
Coverabbildung: Andrew Davidson
Satz: Pinkuin Satz und Datentechnik, Berlin
Druck und Bindung: CPI books GmbH, Leck
Printed in Germany
ISBN 978-3-596-52219-4

Es ist halb zehn, und bestimmt löffelt Oliver gerade Porridge aus seinem Asterix-Schälchen. Das ist die einzige feste Gewohnheit, die Oliver mit seinen dreiunddreißig Jahren entwickelt hat, und er hält geradezu inbrünstig daran fest.

»Ach, du kannst mich mal«, schnaubt Binny. Sie tritt auf die High Street hinaus, auf der sich der Heiligabendverkehr dahinwälzt. Autos, voll beladen mit Familien und festlich verpackten Geschenken. Sofort hupt es Binny aggressiv entgegen, von wegen Frieden auf Erden und den Menschen ein Wohlgefallen, wie es Plakate und blinkende Leuchtschriften allen ans Herz legen. »Leck mich«, wiederholt sie. Sie wird wegen niemandem stehen bleiben. Und heulen wird sie auch nicht. Unter dem schweren Dezemberhimmel glänzt nass der Asphalt.

Binny lastet Oliver alles an, was in ihrem Leben schiefläuft. Früher hatte sie nie von ihm erwartet, dass er im Kopf behielt, was zu erledigen war, oder dass er es auch nur bemerkte; jetzt schiebt sie ihm die volle Verantwortung zu. Die gesprungene Glasscheibe in der Haustür: seine Schuld. Die kaputte Dusche: seine Schuld. Die frischen Schnittwunden an ihren Händen, die Scherben auf dem Küchenboden. Die nicht besorgten Weihnachtskarten. Alles, alles seine Schuld.

Eben hat sie die Kinder an der Schule abgeliefert, zur Generalprobe für das Krippenspiel, und hat nun genau fünf Stunden, um Weihnachten geregelt zu kriegen. Bisher hat sie dafür keinen Finger gerührt. Erst heute früh hat Coco zwei große Wollsocken für sich und Luke über den Kaminsims gehängt. (»Bloß, damit wir's nicht vergessen«, meinte sie.) Wenn diese

Lokomotive namens Weihnachten doch nur ohne Binny ein- und wieder abfahren würde. Zu ihrem Entsetzen entdeckt sie eine der anderen Mütter, die den Gehweg entlangspringt wie ein Plüschreh aus der Spielzeugabteilung, direkt auf Binny zu. Binny bleibt wie angewurzelt stehen und sucht die High Street in alle Richtungen ab. Aber sie ist kein Mensch, der sich leicht verstecken kann.

Groß und stämmig, überragt Binny alle anderen, sogar wenn sie den Kopf einzieht. Der Spiegel wirft ihr das Bild einer Riesin mit wilder Haarmähne zurück, mit Schulterpolstern, die schon im Bauplan enthalten waren. »Grobknochig« nannte ihre Mutter sie, »gesund« ihr Vater, der als »gesund« freilich auch eine reiche Kartoffelernte, einen Anstieg der Aktienkurse oder eine zweite Portion Nachspeise bezeichnete. Von ihrem Vater hat Binny die Augen und die Intelligenz geerbt, aber leider auch die Körpergröße und die Schuhgröße. Wie immer trägt sie eins ihrer langen Schlabberkleider, das sich heute früh, als sie ins Bad stolperte, um ihren Fuß gewickelt hatte.

Die Frau, die auf sie zukommt, trägt einen festlichen Jogginganzug mit Glitzerborten. Dazu festlich rote Plüschohrwärmer samt passenden Handschuhen. Sie hat etwas mit dem Elternbeirat zu tun, aber was genau, kann sich Binny beim besten Willen nicht erinnern, weil sie weder die Briefe oder E-Mails liest noch jemals an Schulveranstaltungen teilnimmt. Wenn sie völlig reglos verharrt – sozusagen so tut, als wäre sie nicht da –, bleibt sie vielleicht unbemerkt.

»Binny!«, ruft der fröhliche Jogginganzug. »Hi!« Vielleicht auch noch etwas vom Krippenspiel, aber ein wenig keuchend und aus gut zehn Metern Entfernung.

Die Vorstellung findet heute Nachmittag statt. Erst gestern Abend war Luke damit herausgerückt, dass er Bill die Echse spielt. »Aber im Krippenspiel kommt doch gar keine Echse vor!« Binny hatte selbst gemerkt, dass sie in einen Jammerton verfiel. »Bill die Echse ist das Haustier vom Herbergswirt«, erklärte Coco. »Bill ist sehr wichtig. Er bringt Maria ein Kissen für die Geburt, und er singt auch ein Solo, *Wherever I Lay My Hat That's My Home*. Und ich, ich bin der Geist der vergangenen Weihnacht.« Als Binny lamentierte, so ein Mist, sie könne nicht in null Komma nix ein Echsenkostüm nähen, das könne keiner, und der Geist der vergangenen Weihnacht gehöre sowieso in eine ganz andere Geschichte, verdammt, da tauschten Coco und Luke nur einen flüchtigen, allerdings ernsten Blick. »Ist schon okay, Mum«, sagte Coco langsam. »Meeras Mutter hat gesagt, sie näht unsere Kostüme. Luke kriegt einen blauen Schwanz mit Stacheln und so. Und ich krieg eine Laterne und einen Pelzhut.« Damit schien Coco mehr als zufrieden.

Der Jogginganzug hat sich so weit genähert,

dass die Fluchtchancen gegen null sinken. Binny wird ein ausgewachsenes Gespräch mit allem Pipapo führen müssen, der Jogginganzug wird fragen, ob Binny für Weihnachten schon alles fertig habe, und sie wird sich wüste Flüche verbeißen müssen. Da schlägt sie sich an die Stirn, als wäre ihr soeben etwas Wichtiges eingefallen – ein entscheidender letzter Weihnachtseinkauf, der Truthahn zum Beispiel –, und stürzt zum nächstbesten Laden. Ihn zu betreten hatte sie bisher noch nie einen Anlass gehabt, genauso wenig wie die Boutique weiter unten, mit den Designerklamotten für sehr schmalgliedrige, sehr reiche Frauen. Als sie die Klinke herunterdrückt, brennen die Schnittwunden in ihrer Handfläche wie winzige Stacheln. »Mistkerl«, knurrt sie, und der Schmerz um Oliver schlägt wieder mit voller Wucht zu. *»Dingeling«*, singt die blitzblanke Glastür.

Binny hat niemandem erzählt, was passiert ist, nicht einmal den Kindern. Wenn sie es versucht, stößt ihr auf, wie läppisch alles klingt, was ihr über die Lippen will, und sie fühlt sich hintergangen. Es wäre ihr ein tiefes Bedürfnis, den Schlag genauso heftig auszuteilen, wie er sie selbst getroffen hat, und zuzusehen, wie ihr Gegenüber davon ins Taumeln gerät. Wie es mitgerissen wird von der Flutwelle des Kummers, der Binny selbst nicht nachgibt. Warum klingen alle Worte, die mit Gefühlen zu tun haben, so banal, so gefühls*entleert*? Sie schließt die Tür hinter sich und wartet, dass der Jogginganzug vorbeiläuft.

Es ist, als wäre Binny durch einen schwarzen Vorhang getreten und hätte eine neue Erdhalbkugel entdeckt. Einen Augenblick lang steht sie einfach da, an diesem fremden Ort, wo die Staubteilchen herumwirbeln wie Glitter. Die Stille ist außerirdisch. Hier erheben sich Regale über Regale voller Reinigungsprodukte, in Tiegeln, Kanistern und Flaschen, manche Behälter aus Plastik, manche aus Glas, in immer gleichem Abstand aufgestellt und der Größe nach sortiert. Es gibt ganze Paletten von Bürsten, Lappen, Scheuerschwämmen, Utensilien zum Staubwischen – sowohl gefiederte Wedel als auch Tücher aus flauschigem, gelbem Baumwollstoff. Es gibt schachtelweise Handschuhe – besonders robuste, aus Latex, aus Nitrilkautschuk, aus Vinyl –, außerdem Nasswischmopps, Gummischrubber, Greifstäbe zum Abfallaufsammeln und Besen. Binny hatte ja keine Ahnung, dass Putzen so kompliziert sein kann. Direkt neben der Kasse steht ein kleiner Plastikengel, der einzige Hinweis auf die Jahreszeit. Ein Engel mit Heiligenschein, einem weißen, gekräuselten Kleid und zwei spitzen Rauschgoldflügeln. Sauber riecht es hier, ein Geruch, den Binny nicht genau benennen kann; Zitronenschale kommt ihr in den Sinn. Aber eins steht fest: Für eine Frau wie sie gibt es hier rein gar nichts.

Binny will sich schon zurückziehen, als in

der Stille eine Frauenstimme ertönt: »Kann ich etwas für Sie tun, Madam?«

Die Verkäuferin muss sich von Anfang an im Laden befunden haben. Als Binny in Richtung Stimme blickt, sieht sie eine zierliche Frau auf sich zukommen, geschminkt und jünger, als Binny es erwartet hätte. Ihre Haut ist glatt und weich, wie mit einer Make-up-Schicht überzogen, und ihre großen, wässrigen Augen sind mit Eyeliner fein umrandet. Vielleicht ist sie erst Mitte zwanzig. Sie trägt ein blütenweißes Kleid, in dem sie an eine Zahnärztin erinnert, was sie natürlich nicht sein kann. Ihr schwarzes Haar hat sie so straff aus der Stirn gekämmt, dass es die Haut an den Schläfen nach hinten zieht. Alles an ihr ist gebändigt. Sie steht mit verschränkten Fingern und geschlossenen Füßen da, dass ihre Kreppsohlen einander berühren, als wäre es anstößig, auch nur ein winziges bisschen unordentlich auszusehen.

Coco ist die Einzige, die einen Sinn für Ordnung hat (ganz die Enkelin ihrer Großmutter). Luke fehlt dieser Sinn, Binny auch. Als Tochter einer Dame mit Hüftgürtel und Personal, das »alles machte«, hat sich Binny bewusst zwei Grundwerten verschrieben, dem Chaos und der Fülle. Ihr Haus ist in ein Dickicht von Efeu eingesponnen. Nur wenig Licht dringt durch die Blätter, die sich flach an die Fensterscheiben drücken, und die Zimmer sind mit den viktorianischen Möbeln ihrer Eltern so vollgestellt (»Trödel«, nennt Oliver die Einrichtung – nannte er sie), dass oft nur ein schmaler Durchgang bleibt. Auf allen Flächen liegt filzig der Staub, stapeln sich alte Zeitschriften und Zeitungen, Steuerbescheide und Briefe, die zu beantworten sich Binny nie die Mühe gemacht hat. Der Teppich ist begraben unter Staubflusen so groß wie Zuckerwattekugeln, unter verdrehten BHs auf dem Weg zur Waschmaschine, unter Legotrümmern und auch unter einem verdorrten Strauch, den Luke als Weihnachtsbaum benutzt hat. Die Kinder haben ihn mit ausgeschnittenen Papiertieren, Taubenfedern und Milchflaschendeckeln geschmückt.

»Haben Sie denn nichts, was ich kaufen könnte?«, fragt Binny. »Kaffee oder Pflaster oder so was?«

Die junge Frau ist kurz angebunden. Nicht gerade unhöflich, aber auch nicht freundlich. »Wir sind ein Familienunternehmen. Wir haben noch nie etwas anderes als Reinigungsprodukte verkauft. Wir beliefern hauptsächlich die Industrie.«

»Ach du dickes Auge«, sagt Binny. Sie zuckt leicht dümmlich mit den Achseln, ein Versuch, die junge Frau zum Lachen zu bringen.

Der Versuch misslingt.

Die junge Frau starrt Binny wortlos an, mit Augen so braun wie Kastanien. Binny kommt ganz aus dem Konzept. Sie verkleinert sich oft, um von anderen gemocht zu werden. Sie hat ein Problem mit ihrer Größe. Sie befürchtet, dass sie einen Raum dominiert, selbst wenn sie sich in einen Sessel kauert.

Binny untersucht die Glasbehälter, die von den obersten Regalen wie farbige Augen herunterleuchten. *Außer Reichweite von Kindern aufbewahren. Phosphorsäure. Benzylsalicylat. Bei Verschlucken KEIN ERBRECHEN HERBEIFÜHREN.* »Ist das Zeug überhaupt legal?«

»Wir vertreiben kein Produkt, dessen Wirksamkeit wir nicht garantieren können. Nichts wie diese Bleichmittel aus dem Supermarkt, da könnten Sie genauso gut Wasser kaufen. Zum Beispiel ist ein bestimmter Badreiniger speziell für Duschfliesen geeignet, ein anderer greift die Verfugung an. Das ist alles zu berücksichtigen.«

»Kann schon sein. Aber ich habe keine Dusche. Eigentlich habe ich schon eine, aber an der Duschkabine fehlt die Tür. Und das Wasser braust nicht in Strahlen, sondern platscht als Schwall auf einen runter.«

»Das ist ja unangenehm«, sagt die junge Frau.

»Genau«, stimmt Binny zu.

»Das sollten Sie reparieren lassen.«

»Ach wo.«

Die Dusche gehört zu den Dingen, die Oliver hatte reparieren wollen – zumindest hatte er es in den letzten fünf Jahren öfter angeboten. So auch die gesprungene Glasscheibe in der Haustür. Oliver ist lax, bequem und ein wenig ausweichend; er trägt seine T-Shirts immer links herum und Socken, die nicht zueinanderpassen. Wenn jemand die Hand aufhält und um Geld bittet, kann er zehn Minuten damit verbringen, Münzen aus dem Hosentaschenfutter zu pellen. Im Übrigen ist Oliver so sehr damit beschäftigt, in den Himmel zu gucken, dass Binny lange den Verdacht hatte, er würde eines Tages die Arme ausbreiten und abheben.

Es hatte nie eine Rolle gespielt, dass Oliver

gut zehn Jahre jünger war als Binny und ohne regelmäßiges Einkommen, weil er als Schauspieler nicht an »richtige Schauspielarbeit« herankam, wie er es nannte, sondern nur gelegentlich für Werbespots engagiert wurde. Es hatte nie eine Rolle gespielt, dass er die Schlüssel vom Van im Seitenfach der Fahrertür liegen ließ und stets Dinge vergaß wie das Einhängen von neuem Klopapier. Es hatte nie eine Rolle gespielt, dass er mit dem Plan, die Dusche zu reparieren, ins Bad ging, sich dann aber im Badezimmerspiegel sah und wieder in die Küche zurückschlenderte, um Binny nach einem Abdeckstift zu fragen, weil er befürchtete, er bekomme womöglich einen Pickel.

In Wahrheit hatten sie aufgehört, sich umeinander zu kümmern. Erst vor einem Monat hatte er sie gefragt, ob sie glücklich sei. »Ich weiß nicht«, hatte sie geantwortet. »Ich kann mich nicht erinnern.« Sie hatte angefangen, an ihm herumzunörgeln. Konnte es nicht lassen.

Jedes Mal, wenn sie gegen seine Gitarre am Fußende des Bettes stieß, fluchte sie. Oder sie beschwerte sich: »Warum musst du immer meine Gesichtscreme nehmen?« »Ich hätte nicht gedacht, dass du was dagegen hast, Bin.« »Ich *habe* was dagegen, weil du nie neue kaufst und nie den Deckel wieder zuschraubst.« »Na, dann nehme ich sie eben nicht mehr«, sagte er mit einem Achselzucken. »Aber wenn es meine wäre, würde ich sie mit dir teilen.« Dann ging er nach oben, Gitarre spielen, und ihre Laune wurde noch schlechter, weil sie jetzt nicht nur sauer war, sondern sich auch noch mies vorkam.

Oliver spielte Gitarre, wenn er traurig war. Es war seine Flucht in ein Land, wo Mädchen langes Haar hatten und am Ufer der Irischen See weinten. Manchmal lauschte sie seiner milchigen Stimme, wie sie an einem der oberen Fenster nach Dingen schmachtete, die verlorengegangen oder nie gefunden worden waren, und da wurde Binny sogar auf die Gitarrensaiten eifersüchtig.

Die Verkäuferin redet immer noch. Doziert weiter über Reinigungsmittel. Binny fragt sich, ob in ihrem Leben sonst noch etwas vorkommt. Sie stellt sich die Liste der jungen Frau für ihre Weihnachtseinkäufe vor. *Rosa Desinfektionsemulsion für Tante Florence. Kiefern-Duschgel für Onkel Bill.* Die junge Frau sagt: »Natürlich kann man manche Mittel nicht für Kunststoff verwenden. Oder für Teppiche. Sogar mit Linoleum muss man vorsichtig sein. Man muss das Produkt auf das Problem abstimmen.«

Das ganze Thema ist Binny ein Graus. Entweder ist etwas sauber oder nicht. In ihrem Haus ist nur Letzteres der Fall. Sie versucht, einen neuen Anknüpfungspunkt zu finden. »Wo ich wohne, riecht es. Ich weiß nicht, wo der Geruch herkommt. Er ist schon seit Jahren da.«

»Riecht es nach Abfluss?« Wider ihren

Willen regt sich bei der Verkäuferin lebhaftes Interesse.

»Nein. Mehr nach – alten Dingen. Nach Vergangenheit. In verschiedenen Teilen des Hauses, überall anders. Oben zum Beispiel, direkt vor dem Klo, kann ich eindeutig das Aftershave meines Ex riechen, dabei hat er sich schon vor acht Jahren verabschiedet. Manchmal steigt mir der überwältigende Duft der Jasminseife meiner Mutter in die Nase. Und ich hatte einmal eine Freundin, die sich mit Patschuli parfümiert hat. Sie ist nach Südafrika ausgewandert, doch ihr Parfüm nehme ich von Zeit zu Zeit immer noch wahr. Glauben Sie, dass sich die Erinnerung an einen Geruch in einem Raum festsetzen kann? Haben Sie dagegen vielleicht ein Mittel?«

»Gegen die Erinnerung an einen Geruch?« Die Verkäuferin runzelt die Stirn.

»Haben Sie natürlich nicht. Im Grunde ist das Haus voller Mist.«

»Hat der Geruch damit zu tun?«

»Ich rede von *metaphorischem* Mist.« Binny lacht – und bedauert es sofort. Sie hört sich ja an wie ihr Ex, der immer solche Dinge sagte. Sie hört sich an, als halte sie sich für besonders schlau.

Auch wenn sie Oxford mit einem Einserexamen verlassen hat, geht sie nicht gern mit ihrer Intelligenz hausieren. Genauso wenig wie mit ihren Gefühlen. Als vor einigen Jahren ihr Vater und kurz darauf ihre Mutter starb, versagte sie sich jede Träne. (So viel übrigens zu den Leuten, die »alles machten«: Gebrochene Herzen, stellte sich heraus, fielen nicht in ihren Zuständigkeitsbereich, und Lungenbeschwerden auch nicht.) »Binny, du musst loslassen«, drängten ihre Freunde. »Du musst trauern.« Sie wollte aber nicht. Bei ihrer Körpergröße kam ihr das gefährlich vor. Sie hörte lieber auf, ihre Freunde anzurufen.

Binny erzählt der jungen Frau: »Unser Staubsauger ist kaputt. Mein Partner wollte ihn reparieren. Ich glaube, er hat vom Reparieren keinen Schimmer. Er wünscht sich nur, er würde zu den Menschen gehören, die Staubsauger reparieren können, deshalb redet er wie sie.«

»Saugt er noch?«

»Wie bitte?«

»Ihr Staubsauger? Saugt er den Staub noch auf?« Mit einem kleinen, scharfen Einatmen demonstriert die junge Frau, was sie mit saugen meint. Es klingt wie Schluckauf. »Vielleicht müssen Sie nur den Staubsaugerbeutel wechseln.«

»Wenn das *Leben* nur auch so einfach wäre«, sagt Binny. »Was schlagen Sie fürs Herz vor?«

Die junge Frau blickt wieder irritiert.

»War ein Witz«, beruhigt Binny sie.

»Ja«, sagt die junge Frau. Aber sie lacht immer noch nicht.

Der echte Witz war, dass Binny geglaubt hatte, mit ihr und Oliver ginge es wieder aufwärts. Erst vor zehn Tagen hatten sie sich geliebt. Nicht so selbstvergessen wie am Anfang, als sie einander brauchten wie Nahrung. Aber innig vertraut: Gesichter, die ein Lächeln in die Dunkelheit atmeten, Haut auf Haut, seine Honigwärme. Olivers Küsse waren wunderschön, er öffnete seinen ganzen Mund auf dem ihren, als verschenke er einen Teil von sich, den er sonst unter Verschluss hielt. In ihrem Kopf hatte es geflüstert: *Ich liebe ihn, ich liebe ihn. Ich sollte es ihm sagen. Ich weiß nicht, warum ich es nie sage.* Stumm hatte er sich in ihr bewegt, bis sie tief innen aufmachte wie eine Blüte.

Am nächsten Morgen war er barfuß in die Küche gehumpelt, war herumgehoppelt, um das Gewicht vom linken Fuß zu nehmen, als wäre die Fußsohle von unsichtbaren Nägeln durchbohrt. »Ohhh«, hatte er wie eines der

Kinder gestöhnt, wenn sie Aufmerksamkeit auf sich ziehen wollten, »ohhh, ohhh.«

»Morgen, Oli.«

»Wo ist Coco?«, hatte er gefragt. »Sie hat gesagt, sie holt mir ein Pflaster.«

»Sie ist in der Schule, Schatz. Es ist fünf vor zehn. Wozu brauchst du ein Pflaster?«

»Ohhh, ohhh«, stieß er wieder aus und hinkte zu einem Stuhl. »Ich hab eine Warze, Bin. Coco hat sie sich angesehen. Die tut weh. Höllisch weh sogar. Ich weiß nicht, warum du lachst. Das ist nicht besonders nett von dir.«

Sie hatte gesagt, er solle nicht so ein Weichei sein. Er solle sie mal einen Blick drauf werfen lassen, hatte sie gesagt.

Und als sie dann einen Blick drauf warf, sah sie seine Zehennägel. Silbrig blau schimmerten sie wie die Schuppen einer Meerjungfrau, und über den Nägeln sprossen kleine schwarze Härchen. Wieder hatte sie gelacht. »He, Oliver, was ist denn das für ein Nagellack?«

»Ach ja«, sagte er, als erinnere er sich an etwas Belangloses, »ach ja, das war Sally.«

Und dann kam alles heraus.

Binny und Oliver saßen sich am Küchentisch gegenüber und redeten ruhig miteinander. Ohne jeden Groll. Sie lächelten sogar. Die Warze war vergessen. Oliver hielt Binnys Hand in der seinen, studierte ihre Finger, als hätte er in ihnen etwas verloren, und erklärte, wie er Sally kennengelernt hatte, beim Dreh dieses Müsli-Spots. Sie arbeite in der Werbebranche, sagte er. Hasse die Arbeit natürlich.

»Natürlich.« Binny schluckte, und das Geräusch füllte die Stille wie das Gurgeln eines großen Abflussrohrs. »Da kann man ihr keinen Vorwurf machen«, fügte sie noch hinzu. Sie fand sich in der Rolle von Sallys Verteidigerin wieder, als wäre sie ihre Freundin. Das kam ihr seltsam vor, nachdem sie den Kontakt mit so vielen ihrer echten Freunde verloren hatte. »Bist du in sie verliebt, Oliver?«

»Das ist so schwer für mich.«

Ja, sagte sie. Nun ja, für sie war es auch schwer.

»Sally brennt so für die Dinge, an die sie glaubt. Nicht wie die ganzen Mütter morgens vor der Schule. Die sehen aus, als könnten sie sich gar nicht *erinnern*, woran sie glauben.«

»Die wissen in dem Moment auch nicht, wo ihnen der Kopf steht. Die staunen, dass sie es geschafft haben, ihre Kinder in die Schule zu verfrachten. Und dass sie selber komplett angezogen sind.«

»Sally hat so viele Meinungen. Sie sammelt Ideen wie – ich weiß nicht –, wie andere Frauen Schuhe kaufen. Sie bringt mich ständig zum Nachdenken. Ich weiß, das klingt verrückt, aber du würdest sie mögen, wirklich, Bin.«

Binny spürte den Drang zu schreien und schluckte ihn runter. »Darum geht es hier nicht«, sagte sie. »Und es kaufen auch nicht *alle* Frauen Schuhe.«

»Ich weiß, ich bin ein Arsch.«

»Nein, bist du nicht«, beschwor sie ihn.

Oliver seufzte. Er ließ den Kopf auf den Tisch sinken, als wäre er ihm zu schwer. Binnys Blick wanderte unter sein T-Shirt, auf seinen Rücken, den blassen Schmelz seiner Haut, die im Sommer wieder golden würde. Sie sehnte sich danach, die Hand durch den Ausschnitt zu schieben, seinen weichen Körper zu berühren. Sie stellte sich vor, nackt neben ihm zu liegen, und fragte sich, ob er ihr sagen wollte, es sei jetzt aus. Dann spürte sie seinen Blick, und ihr stieg plötzlich die Hitze ins Gesicht, als sei sie beim Stehlen ertappt worden.

»Was ist los, Bin?«, fragte Oliver. »Du siehst so komisch rot aus.«

»Ich versuche nur zu verstehen«, sagte sie.

Würde sie seinen Körper nie wieder berühren? War es das, was er ihr sagen wollte? Dass er für sie nun tabu sei und sie sich benehmen müssten wie Leute, die einander nur bekleidet kennen? Sie wünschte, sie hätte, als sie ihn zuletzt angefasst hatte, sich jeden Höcker, jedes Grübchen eingeprägt. Es traf sie hart, wie brutal die Schnittlinie zwischen Liebe und Trennung war.

»Hörst du mir zu?«, fragte Oliver.

»Ja«, sagte sie; sie strengte sich sehr an, ihm zuzuhören.

»Ich wollte schon früher mit dir reden«, sagte er. »Ich *hätte* mit dir reden sollen. Ich hab's einfach nicht fertiggebracht, Bin. Ach, jetzt fühl ich mich richtig mies.«

»Bitte nicht«, sagte sie und griff wieder nach seinen Fingern, bedürftig nach ihrer Gesellschaft. Doch er ließ seine Hand zwischen die Knie fallen, und ihr Arm blieb wie ein gestrandetes Wrack auf dem Tisch liegen.

Oliver erzählte ihr, dass Sally die Texte aller seiner Lieder kenne. Sally sage, er sei nicht nur Schauspieler, sondern auch ein begabter Musiker. »Es ist nicht nur Sex«, fügte er hinzu. Sie hätten es erst sechsmal gemacht. Zweimal nach dem Dreh, zweimal im Van –

Binny sog scharf die Luft ein. »Nicht in *meinem* Van?« Die Worte schossen heraus. Normalerweise bezeichnete sie nie etwas als *ihren* Besitz.

Und zweimal bei Sallys Eltern.

»Ihren *Eltern*?«

»Sie ist ausgezogen. Musste. Jetzt ist ein Baby unterwegs.«

Binny sackte mit dem Oberkörper auf den Tisch, als hätte sie einen Schlag auf den Rücken bekommen. Sie rammte die Finger zwischen die Zähne. Van? Eltern? Baby? In ihren Lungen war nicht genug Platz für die Worte und den Atem und die Gefühle, die in ihr anschwollen wie ein amorpher, klebriger Klumpen aus Galle und Verstörung.

Oliver zog seine silbrig blauen Zehen ein. Seine Augen schwammen in Tränen. »Es tut mir leid, Bin. Ich glaube einfach, ich muss tun, was anständig ist. Du weißt schon. Ihr zur Seite stehen und so. Mir wird das erst jetzt richtig klar, während ich darüber rede. Ich glaube, ich hab irgendwie gehofft, das Problem würde von selbst verschwinden. Aber es liegt an dir, Bin.«

»Was liegt an mir?«

»Du bist so ein guter Mensch. Jetzt, wo ich dir alles sage, sehe ich es irgendwie durch deine Augen. Und ich sehe, dass ich bei ihr bleiben muss. Sie braucht mich, Bin. Ich weiß nicht, wie sie allein mit einem Kind zurechtkommen soll. Ich muss ihr zureden, dass alles gut wird. Es wird doch gut – oder?« So viel hatte er seit Monaten nicht gesprochen. Du meine Güte, er sah mit jeder Minute jünger aus. »Das habe ich mir immer gewünscht, Binny …«

»Was denn, Oliver? Was hast du dir immer gewünscht?«

Er zwirbelte, plötzlich befangen, an einer Haarsträhne herum. »Ich habe mir immer jemanden gewünscht, für den ich sorgen kann.«

Binny sah ihn mit großen Augen an und versuchte zu sprechen, aber sie konnte nicht. Sie erinnerte sich an die Liebesworte in ihrem Kopf, als sein weicher Körper sich auf ihr bewegt hatte. Sie begriff gar nichts mehr, alles schien ohne Sinn, als hätte jemand aus der Zeit ein Stück herausgeschnitten und ihr nichts davon gesagt. Einen kurzen, atemzugkurzen Moment gab es nur diesen verlorenen Blick zwischen ihnen.

Dann schrie sie: *»Nein!«* Sie schlug so heftig auf den Tisch, dass der Stapel Frühstücksschälchen klirrte und kippelte. »Und was ist mit *mir*? Was ist mit Luke? Und mit Coco?«

»Ich weiß, Binny, du hast ja recht. Und schau, es bricht mir das Herz, dass ich dich verloren habe. Aber was würdest *du* denn tun?«

Sein Entschluss stand also fest. Sie schluckte schwer, doch der Kloß in ihrer Kehle blieb stecken wie ein Stein. Sie nickte. »Dann geh.«

Oliver brauchte kaum zwei Stunden, um sich aus Binnys Leben herauszuschneiden und in ein anderes Leben einzufügen. Sie lud seine Tasche und seine Gitarre in den Van und fuhr ihn zu der Sozialwohnung, wo Sally bei Freunden pennte. Nachdem er an der Tür geklingelt hatte, rieb er mit den Fingerknöcheln in seinem dicken Haar herum, bis an einem Fenster hoch oben die Gestalt eines Mädchens erschien. Sie sah dort droben so winzig aus wie ein kleiner Vogel, umrahmt von bunt blinkenden Lichterketten.

»Tschüs, Oliver.« Binny winkte.

Er drehte sich um, und sein Gesicht war finster und wie verknotet von Dingen, die er nicht sagen konnte. Lautlos formte sein Mund die Worte: »Bis dann.« Sein Haar stand in spitzen Stacheln hoch.

Das war's dann. Das Ende. So unkompliziert und sauber.

Unkompliziert und sauber war es natürlich keineswegs. Binny musste entdecken, dass der scheinbar erträgliche Schmerz, den sie empfand, als Oliver ihr von Sally erzählte, unerträglich schneidend wurde, nachdem er fort war. Mit seiner sanften Stimme und dem steten Fluss seiner Worte hatte er sie so eingelullt, dass ihr, was er da sagte, ganz vernünftig vorkam. Doch von vernünftig konnte keine Rede sein. Es war, als hätte er eine ganze Landschaft mit sich fortgerissen. Nichts sah mehr aus wie zuvor oder erinnerte auch nur vage an Bekanntes. Ihr fehlte Olivers Gitarre, wenn sie morgens nicht mehr dagegenstieß, ihr fehlte Oliver, wenn ihre Gesichtscreme stehen blieb, wo sie war, mit zugeschraubtem Deckel. Seine Abwesenheit wurde allgegenwärtig, und Binny fluchte über sie wie über einen Hund, der ihr nicht von den Hacken weichen wollte.

Die Kinder brachten Papierengel und Buntglasfenster aus Transparentpapier nach Hause, die sich jedes Mal, wenn Binny die Haustür öffnete, wie Lemminge vom Kaminsims stürzten. In ihrem Zimmer sangen die Kinder *Der gute König Wenzeslaus* und *Wir sind die drei Könige aus dem Morgenland*. Luke verkündete, er wünsche sich zu Weihnachten ein Gokart. Coco wollte einer Wohltätigkeitsorganisation eine Ziege spenden. Der Haken daran war, dass sie die Ziege erst eine Weile im Garten halten und sich um sie kümmern wollte. »Aber die Armen, die eine Ziege brauchen, leben in Afrika«, sagte Binny. »Was du da sagst, ist rassistisch, finde ich«, erwiderte Coco. »Die Straße runter wohnen ein paar sehr arme Leute.« Binny war so überfordert, dass sie gar nichts kaufte.

Und jeden Abend kam dieselbe Frage: »Wo ist Oliver?«

»Er ist ausgegangen, Coco.«

»Ich bleib auf, bis er zurück ist.«

»An deiner Stelle würde ich das nicht.«

Das kleine Mädchen presste die niedlichen Lippen zusammen. Dann sagte sie: »Trotzdem.«

Weder kaufte Binny einen Christbaum, noch holte sie den Karton mit dem Weihnachtsschmuck vom Speicher, und sie füllte die Küche auch nicht mit Rosinenpastetchen und eingelegten Leckereien. Es war alles so vergeblich. So sinnlos. Sie ertappte immer wieder ihre Tochter dabei, wie sie am Fenster stumm auf die Person wartete, die Binny nicht herbeizaubern konnte, und Binny ging innerlich in die Knie. Es war schlimmer, als auf den Weihnachtsmann zu hoffen. Sie kickte die Wäsche herum. Knallte mit den Türen, schimpfte gegen die dicke Masse kalten Winterhimmels an. Aber nichts, nichts linderte ihre Wut.

Gestern Abend war sie schließlich eingeknickt. Als die Kinder im Bett lagen und schliefen, sah sie sich eine Sendung über die hundert lustigsten Pannen im Fernsehen an – sie lachte über keine einzige – und trank eine Flasche Rotwein. Dann rief sie Oliver an. Warum nicht? Sie hatte sich nicht einmal überlegt, was sie ihm sagen wollte. Und als er nicht ranging (was sie die ganze Zeit gewusst hatte), versuchte sie es noch einmal und noch einmal, drückte immer wieder auf die Wahlwiederholung. Genau das hatte sie anfangs um jeden Preis vermeiden wollen, diese schamlose Selbsterniedrigung, dieses mutwillige Stochern in der offenen Wunde, doch als sie einmal damit angefangen hatte, konnte sie gar nicht mehr aufhören. Sie versuchte es wohl an die hundertmal. Und wenn er wieder nicht abhob, fühlte sie sich einmal mehr gedemütigt, einmal mehr verraten.

Wie sie Oliver kannte, hatte er sein Handy verloren. Wahrscheinlich saß es in den Tiefen des Hosenfutters fest. Dann kam ihr ein neuer Gedanke, der sich ihr wie ein Stachel ins Fleisch bohrte. Und wenn er sein Handy gar nicht verloren hatte? Wenn er und Sally im Bett lagen, umklammert wie zwei wunderschöne Schlingpflanzen, und einfach nicht rangehen *wollten*? Er streichelte über ihren reifenden Bauch, und

Binny stellte sich vor, wie das Paar ihr ein entrücktes Lächeln sandte. Da wünschte sie, er wäre tot. Dann könnte sie wenigstens eine Urne mit der Asche auf den Kaminsims knallen. Und eine Weihnachtskugel dranbinden.

Wie konnte Oliver es *wagen*, seinen Frieden zu finden, wenn sie keinen hatte? Wie konnte er es wagen, sie zu ersetzen, und mit einer solchen Leichtigkeit und Dümmlichkeit einfach glücklich zu sein? Bedeutete ihre, Binnys Liebe denn *gar nichts*? Sie schmiss eine leere Flasche an die Küchenwand. Zu ihrer Überraschung ging sie nicht zu Bruch. Sie prallte vom Kühlschrank ab, stürzte in einen Haufen schmutziger Wäsche und kullerte wie ein Hund zu ihren Füßen zurück. Und weil sich die Weinflasche nicht zerschmettern ließ, nahm sie die Royal-Doulton-Teller ihrer Mutter aus der Anrichte und donnerte sie auf den Boden, einen nach dem anderen.

Sie zerbrachen. Zersplitterten in tausend

blaue Scherben. Dann beugte sich Binny darüber, das einzig wirklich Schöne, was ihr von ihren Eltern geblieben war, und ihr Gesicht klaffte in einem gigantischen lautlosen Schrei auseinander.

»Mummy«, sagte Coco am nächsten Morgen, »ich glaube, wir sollten unser Frühstück lieber an der Tankstelle kaufen, auf dem Weg zur Probe.« Sie schloss die Küchentür und holte die Mäntel.

Es war zu viel. Es wuchs ihr über den Kopf. *Ich werde nicht weinen.* Gefühle schwappten hoch, schlugen über Binny zusammen, aber sie wollte ihnen nicht nachgeben. Während die Kinder ihre Liedblätter suchten, fegte sie die Porzellansplitter in ihre Hände und drückte zu, bis sie spürte, wie sie die Haut durchbohrten. Dann rammte sie ihre Füße in zwei Sportschuhe – die übrigens Luke gehörten – und knallte die Haustür mit einer solchen Wucht hinter sich zu, dass die gesprungene Glasscheibe wimmerte wie ein erschrockenes kleines Mädchen. »Blödes Mistding«, blaffte Binny sie an.

Die Kinder hüpften voraus.

Und jetzt ist es zehn Uhr vormittags vorbei an Heiligabend, und Oliver wird seinen Porridge fertig gelöffelt haben. Ihre Kinder proben ein Krippenspiel mit Bill der Echse, und zu Hause gibt es keine Geschenke, zumindest nichts, was die Kinder gern hätten. Draußen fahren die Leute zu ihren Lieben, während Binny allein dasteht, ganz allein mitten in einem Laden mit nichts als Putzmitteln. Absurder geht's nicht. Und wie soll sie bis Neujahr überleben, bis wieder der normale Alltag beginnt? Tief in ihr dehnt sich etwas aus und schwillt und schwillt, und sie muss mit den Zähnen knirschen, damit sie sich im Griff behält.

»Kann ich denn nun etwas für Sie tun?«, fragt die junge Frau. Möglicherweise fragt sie schon zum dritten Mal, aber sie spricht weder lauter noch mit der geringsten Spur Ungeduld.

»Für den Anfang brauche ich wohl eine Kehrschaufel und einen Besen. Für meinen Küchenboden.«

»Reden wir von Holz oder Marmor?«

»Wir reden von mistigem Linoleum. Aber macht das wirklich etwas aus?«

»Für den Besen, ja.«

Die Verkäuferin holt eine Leiter und greift nach einer Chromschaufel. Dann zieht sie mehrere Besen hervor und untersucht sie, streicht mit den Fingern durch die Borsten. »Der da«, sagt sie. Als sie von der Leiter heruntersteigt, lächelt sie wie jemand, der überzeugt ist, er habe gerade einen Fremden zur Religion bekehrt. *»Wie leicht es ist, du zu sein«*, denkt Binny.

»Sie putzen nicht gern, stimmt's?«, fragt die junge Frau.

»Es fällt mir schwer, meine Zeit an etwas zu verschwenden, das gleich wieder schmutzig wird. Wenn es Sie tröstet: Bügeln hasse ich genauso.«

»Hausarbeit kann therapeutisch sein.«

»Rotwein auch«, sagt Binny.

Zu ihrer Überraschung lacht die junge Frau. »Was wirklich hilft, sind kleine Dinge. Einfache Arbeiten, bei denen wirklich etwas herauskommt, wenn Sie sich die Zeit dafür nehmen. Es ist wichtig, solche Rettungsanker zu haben. Ich hole mir immer ein silbernes Gefäß. Mit einem Staubtuch trage ich Politur auf und verteile sie gleichmäßig. Dann nehme ich ein frisches Staubtuch – schön sauber und weich – und fange sorgfältig an zu reiben. Das kann ich ewig machen. Die Tränen laufen mir herunter, und ich poliere weiter, poliere und poliere, bis es vorbei ist. Dann geht es mir besser.«

Die junge Frau sieht Binny an. Ihre Augen haben plötzlich etwas Besonderes, etwas Leuchtendes wie bei Coco, wenn sie einen Penny in der Hand versteckt, um einen damit zu überraschen. Plötzlich sieht die Frau nicht mehr aus wie zwanzig und auch nicht mehr auf diese steife Art ordentlich. Schüchtern fragt sie: »Möchten Sie vielleicht, dass ich es Ihnen vorführe?«

»Wie man poliert?«

»Warum nicht?«

Ohne die Antwort abzuwarten, geht die junge Frau zur Kasse, bückt sich und zieht eine Schuhschachtel hervor. Sie stellt sie auf die Theke, neben den Rauschgoldengel. Einen Moment lang lässt sie die Hände über der Schachtel schweben und sieht sie an, als enthalte sie einen heiligen Schatz. Schließlich nimmt sie den Deckel ab und legt ihn neben die Schachtel.

Darin liegen ein zusammengefaltetes Staubtuch, ein kleiner, mit einem weiteren Staubtuch umwickelter Gegenstand und eine Dose mit Politurcreme. Die junge Frau nimmt die Dose, das zusammengefaltete Staubtuch und den umwickelten Gegenstand heraus und legt alles nebeneinander auf die Theke. Dann schraubt sie den Deckel der Dose ab und zeigt Binny die weiße Creme darin. Binny nimmt wieder den Zitronenduft wahr. Langsam und sorgfältig wickelt die junge Frau das zweite Staubtuch ab. Zum Vorschein kommt ein kleiner silberner Taufbecher.

»Das Leben ist manchmal hart«, sagt sie zu dem Becher, während sie ihn behutsam aus seiner Umhüllung befreit. Sie balanciert ihn zwischen Daumen- und Zeigefingerkuppe und hält ihn hoch, ins Licht. Gebannt starrt sie ihn an, und auch Binny kann den Blick nicht von ihm wenden. Er ist ungefähr so groß wie Cocos Faust, der Henkel die allerschmalste Mondsichel, so zierlich, dass kein Erwachsenenfinger durchpasst. Unter dem Rand ist in schwungvollen Buchstaben eine unleserliche Inschrift eingraviert. Im glänzenden Bauch des Bechers spiegelt sich Binnys Gesicht neben dem der jungen Frau.

Mit der rechten Hand rollt die junge Frau das Staubtuch zigarrenförmig zusammen und taucht das Ende in die Creme. Sie verteilt die Politur über die Oberfläche, bis der ganze Becher weiß bestrichen ist. Man sieht, dass sie das schon oft gemacht hat. Sie klemmt die Zungenspitze in den Mundwinkel und wedelt, ohne hinzusehen, das saubere Staubtuch auseinander; dann beginnt sie zu polieren. Schön macht sie das, so sorgsam, mit so winzigen, perfekten Kreisbewegungen.

Binny spürt in ihrem Bauch etwas wie eine Blase, die aus unerfindlichen Gründen nach oben steigt, immer weiter nach oben. Sie will die junge Frau schon fragen, wie es komme, dass das Leben nicht so gut zu ihr gewesen sei, als ohne Vorwarnung etwas Warmes an Binnys Nase entlangrutscht und auf ihren Lippen landet. Es schmeckt nach Salz. Unwillig wischt sie es mit dem Handballen weg, aber da kommt noch mehr. Tränen. Sie wollen gar nicht mehr aufhören. Mit ihnen kommen Bilder aus der Vergangenheit, Bilder von Menschen, die sie geliebt und verloren hat. Sie hat keine Ahnung, warum. Wie Schneeflocken im Winterwind treiben sie vorbei. Ihre Eltern, Oliver, verflossene Liebhaber, ihr Ex, verlorene Freunde, Mütter, Nachbarn, die Leute, die sie täglich auf der Straße sieht, ohne sie zu kennen. So viele Leben, irgendwie mit dem Ihren verwoben, Leben, die sich verflüchtigt haben oder gerade dabei sind. So viel Liebe, so viel Energie – wozu? Und alles umweht von Zitronenduft.

Immer mehr Tränen quellen aus Binnys Augen und überschwemmen ihre Wangen, ihr Kinn, ihr Haar. Es ist so groß, dieses Gefühl, dass sie schwer glauben kann, sie empfinde es ganz allein. Gibt es Augenblicke, in denen diese Menschen, an die sie sich erinnert, urplötzlich zur selben Zeit im selben Ozean der Erinnerung versinken? Ist es möglich, dass Oliver zum Beispiel sich in genau diesem Moment an die Rundung ihres weichen Schenkels erinnert, zur Gitarre greift und hoch oben an einem Fenster singt, während die Weihnachtslichter in der Siedlung blinken?

Das alles geht über ihre Kräfte. Ihr Körper wird richtig durchgeschüttelt, als aus seinen Tiefen Woge um Woge neuer Trauer aufsteigt. Und als Binny ihr nachgibt, ist sie überrascht, welche Erleichterung, fast Süße sie dabei empfindet.

Die junge Frau poliert immer noch ihren Taufbecher mit fließenden Kreisen. Binny entschuldigt sich zwischen Schniefern. »Tut mir leid. Tut mir echt leid«, murmelt sie.

»Das macht doch nichts.«

»Ich kann gar nicht mehr aufhören.«

»Möchten Sie ein Taschentuch?«

Binny nimmt das Taschentuch entgegen und schnäuzt sich mit lautem Tuten. Ihr Gesicht sieht bestimmt völlig verwüstet aus.

»Es gibt nichts Besseres, als sich mal richtig auszuheulen«, sagt die junge Frau.

»Das gehört aber sonst nicht zu meinem Repertoire. Ich stecke alles weg. Ich bin ein Fels. Ich weine *nie*.«

»Wenn Sie nie weinen würden, wären Sie kein Mensch.«

»Es liegt an den Kindern. Die zerreißen einem das Herz.«

Sie nickt. »Das stimmt.«

»Mit den meisten Dingen werde ich fertig, aber nachts höre ich Coco wegen Oliver weinen. Dann gehe ich in ihr Zimmer, und sie liegt ganz still da, als würde sie schlafen. Sie will nicht, dass ich merke, wie sehr sie ihn vermisst. Sie ist erst acht.«

»Das bricht einem das Herz«, pflichtet die junge Frau ihr bei. Binny fällt ein, dass sie ja keine Ahnung hat, wer Oliver ist oder Coco, aber solche Details scheinen jetzt irrelevant. Eine neue Welle des Kummers schlägt über ihr zusammen. Ihre Kiefermuskeln beginnen zu schmerzen, ihre Kehle fühlt sich wund an.

»Möchten Sie auch mal?«, fragt die junge Frau.

»Wie bitte?«

»Sie dürfen, wenn Sie möchten.«

Verblüfft sieht Binny auf. Sie drückt die Fingerknöchel auf die Augen, um den Tränenfluss anzuhalten. Die Verkäuferin streckt ihr tatsächlich den winzigen Silberbecher und den gelben Staublappen hin.

»Ich?«, fragt Binny.

»Sie sollten die Oberfläche möglichst nicht berühren. Dann gibt es keine Fingerabdrücke und Schmierer. Wenn schon, dann richtig. Ohne Flecken.«

So plötzlich, wie sie angefangen hat, hört Binny auf zu weinen. Sie hält ihre Handfläche wie eine Schale hin und nimmt den kleinen Taufbecher entgegen wie ein Geschenk. Ihr ganzer Körper steht unter Spannung.

»Genau«, sagt die junge Frau. Sie drückt das Staubtuch in Binnys rechte Hand und führt sie zur Politurdose. »Und jetzt ganz vorsichtig«, mahnt sie, als Binny beginnt.

Binny tupft einen kleinen Klacks Politur auf. Sie streicht den ganzen Becher damit ein. Dann nimmt sie das zweite Tuch, das Poliertuch, und reibt mit winzigen Kreisen über die ganze Fläche, nach oben, nach unten, nach links, nach rechts, genau wie die junge Frau es ihr gezeigt hat. Sie denkt an nichts mehr als an den Silberbecher, wie er mit einer weißen Schicht bedeckt war und wie beim Polieren das Silber wieder aufscheint. Sie darf ihn nicht fallen lassen. Sie balanciert ihn zwischen den Fingerspitzen, fasst ihn nur am Boden und am Rand. Bloß keine Patzer.

»Vor fünf Jahren habe ich mein Baby verloren«, sagt die junge Frau. »Ein kleiner Junge. Er kam tot zur Welt. Er war so winzig, dass ich ihm für das Begräbnis Puppenkleider anziehen musste. Eine Nachbarin hat sie mir gegeben, aber sie waren rosa, und ich fand, sie müssten blau sein, und habe deswegen geweint. Aber als er sie anhatte, war mir das Rosa egal. Er war alles, was ich mir auf der Welt gewünscht habe, und ich habe ihn verloren.«

»Das tut mir so leid«, murmelt Binny. »Ich hatte keine Ahnung.«

»Es war an Weihnachten. Alle waren fröhlich. Ich bin mir vorgekommen wie ein Alien. Ich hatte das Gefühl, ich gehöre nicht dazu.« Die junge Frau lenkt Binnys Hand zum Becher zurück. »Noch ein bisschen«, sagt sie. Und dann: »Aber man muss es akzeptieren. Nicht wahr? Er wird nicht zurückkommen.«

Binny wischt weiter, in winzigen konzentrischen Kreisen. Plötzlich weiß sie nicht mehr, ob sie von dem totgeborenen Baby oder von Oliver sprechen. Aber es ist egal. Es ist dasselbe. Sie schließt kurz die Augen und atmet den Zitronenduft ein.

Da kehrt eine Erinnerung zurück, so klar plötzlich, dass ihr ein richtiges Bild vor Augen steht. Sie sieht sich als kleines Mädchen. Und sie sieht Seife an einem Stück Schnur. Natürlich. Kräftig gelb und wie ein kleiner Ballon geformt, aber mit vielen Grübchen. Jedes Jahr war sie da, die Seife, ihr Duft. Binny zieht sie aus ihrem Socken, reißt das Papier weg, und alles, alles duftet nach Zitronenseife, sogar die Satsumas und Walnüsse, die ganz unten verborgen sind. Das ganze Weihnachten riecht danach. »Was hast du denn bekommen?« Ihre Eltern lachen im Bett, als hätten sie noch nie so etwas wie Seife an einer Schnur gesehen. So einfach ist das. Und jedes Jahr dasselbe.

Als sie die Augen wieder aufmacht, ruht der Blick der jungen Frau auf ihr. Binny hält den Becher ganz still.

»Es tut mir leid, dass Sie Ihr Baby verloren haben«, sagt sie.

»Ja«, sagt die Frau. »Aber so ist es nun mal.«

»Hassen Sie Weihnachten?«

»Nein. Ich mag es sehr.«

Binny rührt sich nicht. An einem Ort jenseits aller Worte stehen sie Seite an Seite, die beiden Frauen, die eine groß, die andere klein. Ihr Atem findet zum gleichen Rhythmus.

»Mein Partner hat mich verlassen«, sagt Binny schließlich.

Die Worte landen in der Stille.

Die junge Frau nickt.

»Wenigstens habe ich meine Kinder.«

»Mochten Ihre Kinder ihn?«

»Sehr.«

»Dann ist es wirklich traurig.«

»Aber die packen das schon.«

»Sie lieben Ihre Kinder. Die werden darüber hinwegkommen.«

Binny denkt wieder an die Menschen, die sie verloren hat. Sie denkt an ihre Eltern und an die Seife an der Schnur. Sie denkt an Oliver und Sally und deren Baby. Und wenn sie sich auf den Kopf stellt, manches ist für immer fort. Die junge Frau hat recht. Wir hatten etwas, das wir nie wiederhaben können. Warum tun wir, als hätten wir ein ewiges Besitzrecht auf alles, dem wir einmal verbunden waren und unsere Liebe geschenkt haben? Dabei genügt es, dass wir auf Zehenspitzen Räume betreten durften, die jenseits von Haut und Nervenenden liegen, dass wir Dinge erblicken durften, von denen wir kaum ahnten.

»Ich will nicht behaupten, dass Putzen die Lösung für alles ist«, sagt die junge Frau. »Sie können auch etwas anderes ausprobieren. Holzhacken oder so. Oder vielleicht ein Sandwich belegen. Manchmal muss man einfach etwas sehr Gewöhnliches tun.«

Binny wird einen Baum für die Kinder besorgen. Sie wird Weihnachtskarten kaufen und schreiben. Sie hat die Weihnachtspost verpasst, aber was macht das schon? Sie wird die Karten trotzdem verschicken. Sie wird das Ritual zelebrieren, den Menschen, denen sie sich nahefühlte, Grüße zu schicken, entweder mit einer E-Mail oder einer glitzernden Schneelandschaft. Sie wird sich selbst und alle, die in ihrem Umkreis übrig geblieben sind, daran erinnern, dass sie ihr etwas bedeuten, auch noch nach jahrelanger Funkstille.

»Langsam, langsam«, sagt die junge Frau mit einem Lächeln. »Schauen Sie, Sie haben die kleine Partie unter dem Henkel ausgelassen.«

Binny bleibt neben der Frau stehen, die sie nicht kennt, und poliert deren Taufbecher. Draußen geht ein kurzer Regenschauer auf die Straßen nieder. Es gibt viel zu tun, viel vorzubereiten, viel in Ordnung zu bringen, aber das ist nicht alles an einem Tag zu schaffen, und manchmal sollte man lieber nur eine einzige kleine Aufgabe erledigen. Sie wird noch ein bisschen bleiben.

Der Engel steht mit seinen Rauschgoldflügeln da. Binny wischt und wischt und wischt.

RACHEL JOYCE UND IHR WERK

Hintergrundinformationen

»Menschen berühren mich sehr. Manchmal denke ich, dass ich mehr für sie empfinde, als ich sagen kann – dafür geht es dann in mein Schreiben ein.«

Rachel Joyce

»Über ihre Weihnachtserzählung ›Ein ferner Duft wie von Zitronen‹« sagt Rachel Joyce:

»Es ist eine Geschichte darüber, Trost und Antworten dort zu finden, wo man sie zu allerletzt erwartet. Die Hauptfigur Binny kann für einen Moment zur Ruhe kommen in ihrem lauten Leben. Ruhe und Stillhalten werden oft unterschätzt, denke ich. Wir stehen unter dem Druck, viele Dinge gleichzeitig zu leisten und zu erreichen, wir sollen GROSSE TRÄUME haben und sie JETZT LEBEN! Gerade deshalb versuche ich manchmal, meinen Blick zu verengen auf die kleinen Dinge – und sie zu genießen.«

Rachel Joyce hat ein feines Gehör und einen genauen Blick. Für Zwischentöne, Nuancen und ins Herz der Menschen. Nach einer Karriere als Theaterschauspielerin hat sie viele Jahre Hörspiele geschrieben und literarische Stoffe für Radio und Fernsehen bearbeitet. Dann kam ihr großer Durchbruch als Romanautorin. ›Die unwahrscheinliche Pilgerreise des Harold Fry‹ verkaufte sich weltweit mehrere Millionen Mal und wurde vielfach ausgezeichnet. Die Geschichte eines Mannes, der eigentlich nur zum Briefkasten will – um einen Abschiedsbrief einzuwerfen an eine alte Freundin, die im Sterben liegt. Doch dann läuft er am Briefkasten vorbei, aus der Stadt hinaus und durch ganz England – zu ihr hin.

Rachel Joyce: *»›Die unwahrscheinliche Pilgerreise des Harold Fry‹ begann in Form eines Hörspiels für die BBC. Ich schrieb es für meinen Vater, während er an Krebs starb. Er hat es leider nicht mehr hören können. Ich habe dafür eine Auszeichnung bekommen und wusste bald, dass aus Harolds Reise auch ein Buch werden musste. Schon viele Jahre hatte ich eines schreiben wollen, es mir aber nicht zugetraut. Also meldete ich mich zu einem Kurs für Roman-*

autoren an. Wie Harold selbst wollte auch ich manchmal aufgeben – doch der Roman wollte geschrieben werden. Er ließ mich einfach nicht mehr in Ruhe.«

Schon ein Jahr später folgte Rachel Joyce' zweiter Roman: ›Das Jahr, das zwei Sekunden brauchte‹, ebenfalls ein Bestseller. Byron ist elf Jahre alt, als sich alles für immer verändert. Niemand sieht das Mädchen mit dem roten Fahrrad. Nur Byron, der mit seiner schönen Mutter im Wagen sitzt, als der Unfall im dichten Nebel geschieht. Byron weiß sofort: Er darf keinem etwas davon erzählen. Doch in nur zwei Sekunden ist die ganze Welt aus den Fugen geraten.

Rachel Joyce: »*Ich kann mich lebhaft daran erinnern, wie mir vor vielen Jahren das erste Körnchen dieser Geschichte zufiel. Es war kurz nach der Geburt meines dritten Kindes, als ich gerade meine älteste Tochter zur Schule fuhr. Meine zweite Tochter teilte mir mit, sie habe Hunger und müsse sofort Frühstück haben, das Baby schrie, und auf dem Beifahrersitz neben mir stand eine Platte mit Teilchen, die ich im Morgengrauen für den sehr konkurrenzbetonten Kuchenstand der Kinder gebacken hatte. Ich fuhr langsam. Es herrschte dichter Verkehr. Ich hatte tagelang kaum geschlafen. Und dann erlebte ich einen jener Momente, in denen man über sich hinauswächst, in denen man das Leben aus einem neuen Blickwinkel sieht, und mir wurde klar: Wenn ich jetzt einen Fehler mache, wenn jemand auf die Straße läuft, wenn irgendetwas Unerwartetes passiert, dann habe ich nicht die Energie, den Raum, die Mittel, nicht einmal die Geistesgegenwart, um damit zurechtzukommen. Ich war bis an meine Grenzen strapaziert. Als ich nach Hause kam, fing ich sofort an, die Geschichte zu schreiben.«*

Eigentlich saß Rachel Joyce schon an einem anderen Buch, als sich jemand in ihre Gedanken stahl, mit dem sie nicht gerechnet hatte: Queenie Hennessy. Die Frau, zu der Harold Fry 1 000 Kilometer weit gewandert war.

RACHEL JOYCE: »*Wenn ich gefragt wurde, ob ich eine Fortsetzung von ›Die unwahrscheinliche Pilgerreise des Harold Fry‹ schreiben wolle, sagte ich immer ganz überzeugt nein. Denn ich hatte das Gefühl, dass ich alles über Harold und Maureen gesagt hatte und es an der Zeit war, sie ihr Leben weiterleben zu lassen, ohne mich als stetige Beobachterin dabei. Aber an wen ich dabei nicht dachte, das war Queenie Hennessy: die Frau, durch deren Brief Harold Fry zu der Wanderung inspiriert worden war, die sein Leben veränderte – und in gewissem Ausmaß auch meines. Queenie blieb ganz still (was gut zu ihr passte), bis sie dann eines Tages ganz plötzlich ausrief: »Hier bin ich!« Queenie hatte eine Stimme und ein Leben, bevor sie die Frau wurde, die wir am Ende des Romans im Hospiz finden. Ich wollte all das aufspüren und Queenies Reise erzählen. Ich würde noch immer sagen, dass ich keine Fortsetzung geschrieben habe und auch keine Vorgeschichte, sondern ein Buch, das neben der ›Pilgerreise‹ steht. So sollten die beiden eigentlich daherkommen – wie Queenie als Beifahrerin und Harold auf dem Fahrersitz. Seite an Seite. Ich würde den Roman einen ›Begleiter‹ nennen.«*